MEURTRES À LA PLEINE LUNE

Du même auteur

Livres brochés (version normale ou "dys") disponibles sur les sites des Éditions Mondes Parallèles et Amazon. Ebooks disponibles sur les sites Amazon, Kobo, Fnac, Apple Books (version normale) ; aux Éditions Mondes Parallèles et sur Google Play (version normale ou "dys").

Romans adulte :

Le pouvoir de Flamen

Halloween chez Audrey

La revanche du léopard *(à paraître...)*

Romans jeunesse :

Une citrouille vraiment effrayante

Enlèvement au collège

Un fantôme dans le métro

Jeu de piste macabre dans le 6ème

Série Halloween chez Justine :

1 - Loups-garous, vampires et autres monstres...

2 - L'attaque du monstre gluant

3 - Debout les morts !

4 - Croisière sans retour

5 - Le manoir de la mort

6 - Une momie dans les catacombes

7 - Un château en Transylvanie

Album :

Le lapin qui grossissait

Nouvelles :

La gare qui n'existait pas

Le secret de l'échiquier

Le moulin aux fées

Le miroir vénitien

Meurtres à la pleine lune

Plus que la fortune

Le projet R.H.

Joël VERBAUWHEDE

MEURTRES À LA PLEINE LUNE

Retrouvez l'auteur sur Internet :
editionsmondesparalleles.free.fr

Illustrations de couverture : Joël Verbauwhede
(Images utilisées libres de droits)
© 2020 Éditions Mondes Parallèles
2018 Joël Verbauwhede, tous droits réservés
ISBN 978-2-37830-016-6

Meurtres à la pleine lune

Au milieu du salon de cet appartement miteux d'une cité du treizième arrondissement, éclairé par la lueur blafarde de la pleine lune, le cadavre n'était pas beau à voir. Des quatre inspecteurs de la brigade criminelle de Marseille envoyés sur les lieux, je suis le seul à n'avoir pas vomi mon déjeuner. Avais-je l'estomac plus solide que celui de mes collègues ? Je ne pense pas. Je n'avais tout simplement pas déjeuné ce jour-là.

Pendant que les autres tentaient de contenir leur nausée, j'ai appelé Lucie pour lui dire de dîner seule car j'aurais au moins deux heures de retard à notre rendez-vous. Puis je me suis forcé à examiner le corps. Les vêtements avaient été déchiquetés. La poitrine de la fille aussi. En dirigeant le faisceau de ma torche électrique dans la cavité béante, je sentis mon cœur cogner à grands coups dans ma poitrine. Celui de la fille ne risquait plus d'en faire autant. L'assassin l'avait emporté...

Deux heures plus tard, dans le bureau du chef, je lui faisais part de mes observations préliminaires :

— Aucun témoin, aucune empreinte, aucune trace d'effraction, la porte fermée et la chaîne mise. C'est le sang qui coulait sous la porte qui a alerté les voisins. L'assassin a dû entrer et sortir par la fenêtre située au premier étage, mais là non plus il n'a laissé aucune trace. Il a arraché le cœur de sa victime et l'a emporté.

— Qu'en pensez-vous, Torquier ?

— C'est le premier crime d'un tueur en série, chef. Un malade qui a sans doute décidé de collectionner les cœurs de jolies filles. Dingue, mais prudent. Il ne va pas être facile de le coffrer.

— Pourtant je compte sur vous pour l'arrêter, Torquier. Je vous confie cette affaire. Au fait, nous avons un nouveau à la brigade : Anthony Marécal, muté de Paris. Il sera là demain matin, je compte sur vous pour le mettre à l'aise.

J'étais un bon flic et je l'avais montré à mon chef. Si j'avais pu savoir ce qui allait m'arriver à moi, Jeremy Torquier, inspecteur à la criminelle, j'aurais sans doute vomi comme les autres devant le premier cadavre...

Mais même si ce crime était particulièrement horrible, même si je n'avais aucun indice, même si j'étais convaincu que ce n'était que le premier d'une longue série, ce n'était pas cela qui me nouait les tripes, ce n'était pas ça qui m'avait empêché de déjeuner.

Des cadavres plus ou moins moches, j'en voyais de temps en temps. C'est le métier qui veut ça. C'est comme de se faire tirer dessus : ça arrive parfois. Quand on bosse à la criminelle, il faut avoir du sang-froid, des nerfs d'acier et un estomac solide.

Pourtant la petite boîte pesait une tonne dans la poche de ma veste, mon estomac essayait de régurgiter le dîner que je n'avais pas pris et j'étais plus essoufflé en approchant de la plage du Prophète que si j'avais couru un marathon. J'étais en retard à mon rendez-vous à cause de ce meurtre mais Lucie ne sembla pas m'en tenir rigueur. Malgré l'heure tardive, elle était là, au bord de la mer, là où nous nous étions rencontrés pour la première fois. En me voyant, elle me sourit et mes appréhensions augmentèrent avec le nombre de nœuds que faisaient mes boyaux.

— Bonsoir Jeremy. Tu fais une drôle de tête. Tu as eu une mauvaise journée ?

— Je... ne sais pas trop... croassai-je avec difficulté.

J'avais prévu d'amener adroitement la conversation sur le sujet qui me préoccupait, mais les mots que j'avais préparés et répétés des dizaines de fois me fuyaient cette fois encore. Parler du cadavre éventré à un rendez-vous amoureux ne me semblait pas très romantique. Je m'étais pourtant promis de ne plus reculer. Tant pis ! Je n'avais plus qu'à employer l'attaque frontale.

Rassemblant mes esprits et mon courage, je sortis la petite boîte et l'ouvris avec mes mains moites et un peu tremblantes. Maintenant, le plus dur était fait.

Elle avait vu la bague, impossible de revenir en arrière. Je relevai donc les yeux vers elle et lui demandai :

— Lucie, veux-tu m'épouser ?

Elle a rougi, et tout en m'envoyant un sourire éblouissant, elle a hoché la tête.

Elle a ensuite prononcé ce simple mot :

— Oui…

Le poids qui m'écrasait la poitrine s'était envolé et je me rendis compte que j'avais une faim de loup. À cette heure avancée, les restaurants étaient fermés, mais nous trouvâmes une sandwicherie arabe encore ouverte. Pas très romantique, mais bon, je lui promis de l'emmener au restaurant le lendemain. La soirée se termina très tard, très tôt devrai-je plutôt dire vu l'heure matinale à laquelle Lucie s'endormit entre mes bras. C'était la plus belle journée de ma vie. C'était aussi la dernière belle journée de ma vie.

Le lendemain, j'allai saluer le nouveau, le « parigot » comme le chambraient déjà certains collègues. C'était un jeune type brun d'une vingtaine d'années. Tout de suite, il sembla me trouver sympathique, me força à l'appeler Tony, voulut tout connaître des affaires que j'avais résolues, des criminels que j'avais arrêtés, combien de fois j'avais utilisé mon arme…

Il finit par m'exaspérer à force de questions sur l'enquête en cours. À moitié pour m'en débarrasser, à moitié pour me décharger de cette corvée, je l'envoyai interroger les habitants de la cité où l'on avait trouvé le corps.

Un coup de fil au médecin légiste me fit réaliser que même quand on croit être descendu au fond des abysses de l'horreur, il reste encore quelques marches à descendre.

Le cœur de la victime n'avait pas été arraché comme je l'avais cru, mais *consommé sur place* selon les termes du légiste. Et l'assassin n'avait pas utilisé d'arme : il avait dépecé la fille avec ses dents. D'après la forme et la taille des morsures, le légiste estimait qu'il s'agissait d'un très grand loup.

Je voyais déjà les gros titres des journaux s'en pourlécher : « Le dévoreur de cœurs de Marseille », « La bête du Gévaudan s'installe en Provence »... Mais je n'étais pas d'accord avec le légiste.

L'assassin était un homme, comme je l'expliquai peu après à mon chef :

— Un animal aurait été vu, aurait laissé des traces. J'ai appelé un spécialiste des loups au zoo de La Barben. D'après lui, un loup attaque toujours à la gorge. Même s'il lui avait pris l'envie de manger un cœur humain, il aurait d'abord égorgé la fille. L'assassin est un homme, mais il doit avoir un loup apprivoisé qu'il utilise pour commettre ses crimes.

— Vous êtes sûr de votre hypothèse, Torquier ?

— Aussi sûr qu'il va recommencer, chef. Et que nous aurons bien du mal à le coincer. Ni l'homme ni le loup n'ont laissé la moindre empreinte dans l'appartement de la fille. Même les cracks de la brigade scientifique n'ont rien trouvé. Ça ne peut vouloir dire qu'une seule chose : l'assassin sait comment nous travaillons. Une fois le repas de son loup achevé, il a pris le temps d'effacer soigneusement toutes les traces. Notre seule chance de le coincer, c'est de retrouver le loup.

Alors j'ai passé l'après-midi à enquêter dans les zoos, les refuges de la SPA, chez les particuliers qui possédaient un loup domestique… en pure perte. Tous les loups de Provence étaient trop petits pour avoir causé de telles morsures.

Mais comme je l'assurai à Tony Marécal :

— L'inspecteur Torquier est sur la piste du loup !

Je finis de rédiger un rapport, puis quittai le commissariat à la nuit tombée.

— On aura peut-être plus de chance avec le prochain cadavre… soupirai-je.

Je ne pensais pas si bien dire…

En levant les yeux vers la pleine lune qui éclairait les rues de Marseille, je songeai que ce serait une bonne occasion pour emmener Lucie dîner dans un petit restaurant en terrasse. Ça me détendrait et me permettrait d'oublier un peu cette affaire sordide.

Mais un bon flic ramène toujours un peu de travail à la maison. Ce soir-là, j'avais laissé tous mes dossiers au commissariat, mais l'assassin avait eu la courtoisie de mettre son second cadavre dans mon salon. Eclairée par la pleine lune comme la première victime, la fille était nue et son cœur manquait dans la poitrine béante. Le mien me manqua également : la fille, c'était Lucie, ma fiancée…

Cette fois, j'ai vomi. Sur le beau tapis persan que j'avais payé une fortune. Mais avec le sang de Lucie, le tapis était déjà fichu… et je me moquais bien de ce tapis maintenant.

J'ai sorti mon arme de service et j'ai posé le canon contre mon cœur. La première chose que je voulais faire, c'était mourir. La seconde, c'était flinguer le salopard qui avait fait ça à celle que j'aimais. Après réflexion, j'ai rangé mon pistolet en me disant qu'il serait plus judicieux de commencer par tuer l'assassin et son loup.

J'ai prévenu mes collègues et commencé l'enquête avec un froid détachement. Je n'étais plus un homme mais un flic. Toujours aucune trace d'effraction. Cette fois, toutes les fenêtres étaient fermées. Une grande serviette-éponge abandonnée près de la porte d'entrée me révéla que Lucie était sortie de la douche lorsque l'assassin avait sonné. Elle l'avait fait entrer... donc elle le connaissait certainement. Et je le connaissais peut-être moi aussi.

C'est ce que j'expliquai à mon chef qui voulait me retirer l'affaire sous prétexte que j'étais un proche de la victime.

— Mais nous venions de rompre, je ne l'hébergeais chez moi qu'en attendant qu'elle trouve un autre appartement, mentis-je. N'ayez crainte, chef, je ne vais pas faire de bêtise. J'ai bien l'intention de mettre ce fumier en cage avec son loup pour perpète.

Il soupira.

— D'accord, Torquier. Vous êtes mon meilleur élément. Vous aviez raison : c'est un tueur en série. Avec ce deuxième meurtre horrible, je vais avoir la mairie sur le dos. Les élections approchent, vous savez ce que c'est…

Non, je ne savais pas ce que c'était, mais j'ai quand même hoché la tête avec un air compatissant. J'avais fouillé mon propre appartement avec soin. Il ne manquait rien, hormis une toute petite chose : une bague de fiançailles au doigt de Lucie. L'assassin conservait sans doute un trophée pris à chacune de ses victimes…

Un troisième cadavre de femme fut retrouvé dans le même état, une prostituée. Ce qui faisait trois meurtres en quatre jours. L'assassin ne chômait pas, et nous non plus. Les journaux titrèrent « Le dévoreur de cœurs de Marseille » sans grande imagination à mon avis, la psychose s'installa… et le soir suivant il n'y eut pas de victime.

C'était un samedi, alors on se dit que le tueur ne devait pas travailler le week-end. Le dimanche non plus on ne retrouva pas de cadavre éventré. Les jours d'après furent tranquilles également.

Les gens recommencèrent à respirer, mais les journaux étaient déçus, et moi aussi. Comment retrouver ce cinglé s'il ne tuait plus ? Malgré mon dégoût profond pour les journalistes, mon boss m'a convaincu de donner une conférence de presse pour « rassurer » la population.

En fait, c'était plutôt pour lui un moyen de rappeler que la police fait son travail. Pour moi, c'était l'occasion de lancer un appel à témoins pour retrouver le propriétaire d'un grand loup. Quant aux habitants, entendre que nous n'avions pas beaucoup d'indices (un euphémisme car en fait je n'avais pas le moindre soupçon d'indice !), mais que « l'enquête suit son cours » selon la formule consacrée pour éviter de dire qu'on patauge lamentablement, je ne crois pas que ça les a vraiment rassurés.

Mais passer à la télé a eu deux points positifs. D'abord, tant que je suis plongé dans mon travail, je ne suis plus aussi tenté par la roulette russe. L'autre conséquence de ma prestation télévisée, c'est le coup de fil de cette vieille dame.

Elle avait des renseignements sur le tueur, alors je me suis rendu sur son lieu de travail. C'était une réserve de la bibliothèque principale, juste à côté de celle-ci sur le cours Belsunce.

À mon entrée, la digne vieille dame leva les yeux de son bureau pour me saluer.

— Bonjour inspecteur, vous êtes encore plus beau qu'à la télé.

La bibliothécaire exhiba les dents qu'elle n'avait plus en un large sourire et je déglutis avec difficulté.

Comme j'étais là et que je n'avais pas la queue d'une piste, je retins mon envie de fuir et entrai tout de suite dans le vif du sujet :

— Bonjour madame, vous prétendez avoir des informations sur le tueur.

— Mademoiselle ! corrigea-t-elle avec un battement de paupières aguicheur. Oui, je peux vous aider.

— Vous savez qui c'est ? demandai-je avec peu d'espoir.

Si elle me fait des avances, je repars et je lui envoie Tony. Lui qui tient à se rendre utile…

— Je ne sais pas *qui* il est, mais je sais *ce* qu'il est… murmura-t-elle tranquillement.

— C'est-à-dire ?

— Vous cherchez un homme avec un loup. Mais votre adversaire est un homme-loup. Un loup-garou.

J'ai voulu éclater de rire, mais curieusement je n'ai pas pu. Le regard de la vieille avait quelque chose qui écartait les moqueries. Elle me tendit un épais livre couvert de poussière intitulé : « Lycanthropie : entre mythe et réalité ». Il était très lourd, la reliure étant renforcée d'une plaque métallique.

— Lisez ce livre, inspecteur. Revenez me voir ensuite !

Abasourdi, je quittai la bibliothèque avec la ferme intention de ne pas lire ce livre stupide. Apparemment, le conducteur de la 205 bleue qui passa en trombe devant la bibliothèque était d'accord avec moi sur ce point. La rafale de sulfateuse tirée par sa vitre ouverte me manqua de peu. Je m'étais heureusement jeté au sol dès que j'avais aperçu le canon de la mitraillette. Une fusillade que n'aurait pas reniée Al Capone en plein jour dans les rues de Marseille !

Ce fut suffisant pour m'inciter à lire le livre et à mettre la bibliothécaire sous protection rapprochée.

D'autant que la reliure métallique du livre avait arrêté l'une des balles qui m'étaient destinées !

La voiture bleue, dont j'avais relevé une partie du numéro, fut retrouvée le lendemain. Elle avait été volée, on n'y trouva aucune empreinte, aucune trace. Sans illusion, je mis Tony Marécal sur le coup. Au moins, pendant qu'il chercherait du côté de cette voiture, il cesserait de me casser les pieds.

La balistique me signala un fait intéressant concernant la balle extraite du livre : la mitraillette utilisée avait été volée dans l'entrepôt de la police le jour même de mon agression.

Je refilai l'info à Tony, ainsi assuré que mon jeune collègue serait occupé pendant quelques jours…

J'ai donc lu le livre. J'appris ainsi que les lycanthropes ou loups-garous ne se transforment pas seulement à la pleine lune. En fait, ils peuvent se transformer en loup chaque nuit s'ils le veulent, mais la lune les rend incapables de contrôler leurs instincts meurtriers. D'après l'auteur, la lycanthropie se transmet par morsure et les seules choses pouvant tuer un loup-garou sont l'argent et le feu.

Je rapportai le livre à la bibliothécaire, m'étonnant de ne pas trouver les agents affectés à la protection de la vieille dame.

Je m'excusai pour le trou dans le livre causé par la balle qu'il avait arrêtée. Elle me mit en garde en le rangeant soigneusement.

— Vous devez le trouver avant la prochaine pleine lune ou il recommencera à tuer. S'il ne vous trouve pas avant.

— J'aimerais beaucoup, mais si je suis venu vous voir, c'est justement pour que vous m'aidiez à le trouver.

— Vous avez bien une piste quand même ? Des indices ? Vous cherchiez un homme qui possède un loup, mais maintenant que vous savez la vérité, ce sera plus facile.

— Pas d'indices, pas d'empreintes, rien ! Votre loup-garou est très prudent.

— Alors c'est un flic, déclara posément la bibliothécaire.

— Sans blagues ? Je croyais que c'était un loup-garou ?

— Un flic loup-garou. Vous connaissiez la deuxième victime, non ? À la télé, vous avez parlé des deux autres femmes assassinées, mais pas de celle-là. C'est à cause de vous qu'il l'a tuée, vous le savez, n'est-ce pas ?

J'ai pâli et j'ai alors réalisé pourquoi je voulais mourir. Inconsciemment, j'avais fait le rapprochement mais sans oser me l'avouer.

— Un flic… Lucie n'aurait pas ouvert à un inconnu en sortant de la douche, mais un flic… qui lui dit qu'il m'est arrivé quelque chose de grave… Un flic qui a vu que je faisais du bon travail sur le premier meurtre, qui s'est dit que je risquais de le démasquer s'il avait commis une petite erreur… Un flic avec un loup apprivoisé ! m'écriai-je, retrouvant avec satisfaction une hypothèse rationnelle.

La vieille dame secoua la tête d'un air peiné.

— Dites-moi, inspecteur, si ce flic avait renvoyé vos collègues chargés de me protéger, s'il savait que nous sommes là à parler de lui, qui croyez-vous qu'il tuerait, vous ou moi ?

— Sans doute tous les deux, pourquoi ?

— Parce que son « loup apprivoisé » est derrière vous ! hurla-t-elle.

Je me suis retourné en dégainant mon pistolet, mais quand j'ai vu l'énorme loup gris aux yeux rouges, ma main a tremblé et mon premier coup de feu l'a manqué. Je n'ai pas eu le temps d'en tirer un deuxième. Il a bondi, me projetant au sol en me mordant profondément le poignet.

Je pensais qu'il allait m'égorger, mais quand il a vu la bibliothécaire s'enfuir, il lui a sauté dessus en renversant plusieurs étagères de livres. Il lui a ouvert la gorge d'un coup de patte aux griffes pointues. (Pourtant je pensais que les loups avaient des griffes usées comme celles des chiens.) Il allait l'achever, ouvrant une gueule énorme…

Malgré ma main droite en sang, j'ai ramassé mon pistolet de la main gauche et cette fois je ne tremblais pas. J'ai tiré les huit balles restantes sur le monstre, la dernière à bout portant. Abandonnant la vieille dame, il m'a bousculé et s'est enfui dans la rue en boitant.

La bibliothécaire avait une carotide sectionnée et le sang coulait à flot mais elle s'accrochait à la vie.

— Alors… vous me croyez maintenant ?

J'ai pressé l'artère déchirée pour stopper le sang de ma main valide, puis j'ai utilisé tant bien que mal mon téléphone portable pour appeler le SAMU. J'ai ensuite appelé le commissariat, mais personne ne savait qui avait retiré les agents de leur poste. J'ai rechargé mon arme et j'ai attendu les secours, le pistolet prêt à abattre le flic qui viendrait achever le travail de son loup, mais il n'est pas venu.

— De l'argent… a murmuré la vieille femme.

— Ne parlez pas, les secours seront bientôt là.

— Des balles en argent… dans le bureau… le tiroir du bas.

— Quoi ?

— La seule chose… pour tuer un loup-garou…

Je ne crois pas aux loups-garous, mais j'ai ouvert le tiroir qu'elle m'avait indiqué et j'ai pris les balles d'argent. Il y en avait huit, du même calibre que les miennes. Je les ai mises dans mon pistolet à la place des balles réglementaires de la police. L'argent est plus léger, les balles seront sans doute moins efficaces. Mais je me suis dit que ça rassurerait la bibliothécaire.

Moi ? Je n'avais pas besoin d'être rassuré. J'étais prêt à mourir, c'était mon avantage sur lui...

Les ambulanciers sont arrivés et nous ont emmenés tous deux à l'hôpital.

Les médecins ont sauvé la vieille femme de justesse. Elle était mal en point mais avait une vitalité étonnante me révéla l'un des docteurs en terminant le bandage de ma main blessée.

J'ai appelé le commissariat en prétendant qu'un informateur m'attendait à la plage du Prophète pour me donner le nom du tueur. Les plus vieux trucs sont toujours ceux qui marchent le mieux.

Évidemment, il n'y avait pas d'informateur sur la plage, simplement un homme qui attendait le meurtrier de sa fiancée. L'endroit me semblait bien choisi : c'est là que j'avais rencontré Lucie, là que je l'avait demandée en mariage, c'est donc là qu'elle serait vengée... ou que son assassin m'enverrait la rejoindre.

J'attendais un flic armé d'une mitraillette, c'est le loup qui est venu. Je l'ai laissé approcher suffisamment près, puis j'ai tiré calmement. Une fois, deux, trois fois... À la sixième balle d'argent, il s'est écroulé en bavant du sang. J'ai posé le canon de mon pistolet entre ses deux yeux rouges qui me fixaient de leur haine.

— Pour Lucie, ai-je murmuré en pressant la détente.

Sa tête est tombée sur le côté, du sang et des débris de cervelle ont jailli du crâne fracassé. Normalement, la dernière balle était pour moi, mais je voulais être certain que ce monstre était mort.

J'ai enfoncé mon pistolet dans le flanc gauche du loup, à l'endroit où je situais le cœur. J'ai tiré ma dernière balle, celle avec laquelle je devais me suicider pour rejoindre Lucie dans un monde meilleur. Quel qu'il soit, l'autre monde serait forcément meilleur que celui-ci…

La bibliothécaire est sortie de l'hôpital aujourd'hui. Je l'ai raccompagnée chez elle avec la sirène pour lui faire plaisir.

Je lui ai raconté que le flic muté de Paris, Anthony Marécal, a disparu. Un avis de recherche a été lancé pour le retrouver mais je sais que c'est inutile. En perquisitionnant chez lui, j'ai retrouvé ma bague de fiançailles dans une boîte à bijoux bien remplie. Cela m'a donné une estimation du nombre de ses victimes : au moins une vingtaine !

Par contre, il n'y avait aucune trace de la présence d'un animal domestique, que ce soit un chat ou un loup.

Pour la vieille dame, ça ne fait aucun doute : Tony a été tué sous sa forme de loup par les balles d'argent.

Moi, je ne sais pas trop. Je n'ai pas envie de croire aux loups-garous. En tout cas, avec la mort du loup que j'ai abattu, l'affaire du dévoreur de cœurs est classée.

Alors que je la quittais, la vieille dame m'a dit avec un clin d'œil :

— Au fait, inspecteur, le loup vous a mordu. Et demain, c'est la pleine lune…

Je ne crois pas aux loups-garous.

Et *vous* ?

FIN ou…

Note de l'auteur

Cette nouvelle vous a sans doute semblé un peu trop macabre et sanglante, nous sommes loin des belles histoires romantiques !

C'est simplement parce que Jeremy n'a pas encore rencontré la mystérieuse détective privée blafarde avec laquelle il enquêtera sur des cadavres vidés de leur sang… si je me décide à écrire la suite des aventures de Jeremy Torquier, le flic loup-garou !

À toi, lecteur…

Cette histoire t'a plu ? Alors n'hésite pas à envoyer un commentaire à la boutique où tu te l'es procurée. Tu peux aussi écrire à l'auteur à joel.verbauwhede@free.fr pour lui donner ton avis et être averti de ses prochaines publications.

L'auteur

Depuis son plus jeune âge, Joël Verbauwhede est un passionné de lecture, avec une attirance particulière pour le fantastique et la science-fiction. À l'université, il se lance dans l'écriture d'histoires mêlant le fantastique, les arts martiaux et le romantisme. Une seule règle : le nom du héros doit commencer par J...

Parallèlement à son métier d'enseignant de mathématiques, il obtient plusieurs prix littéraires pour ses écrits. Certaines de ses nouvelles sont publiées dans des recueils ou des magazines et un roman de science-fiction parait aux éditions Mille Poètes.

En 2017, il publie ses textes sur Amazon et crée son site Internet. L'enseignement lui a fait prendre conscience du grand nombre d'enfants et d'adolescents dyslexiques pour qui la lecture est difficile, et qui n'ont que peu de livres qui leur sont accessibles. Habitué à adapter ses cours pour ses élèves dyslexiques, il lui a semblé essentiel d'en faire autant pour ses romans jeunesse qui existent ainsi en version « dys ».

Auteur indépendant, il diversifie son activité en publiant ses ouvrages en version numérique pour le kindle d'Amazon, sur Kobo et Fnac.com, puis sur Apple Books et Google Play.

Il crée en 2020 les éditions Mondes Parallèles en s'imposant une ligne éditoriale stricte : chaque œuvre qu'il publiera (jeunesse ou adultes) sera disponible en version « dys », en format broché comme en ebook.

PETITS ROMANS JEUNESSE
Une citrouille vraiment effrayante
Petit roman jeunesse à partir de 9 ans (HORREUR)

Pour la fête d'Halloween, Delphine et ses copines ont fabriqué une citrouille qu'elles ont appelée Jacques-la-Lanterne. Déguisées en sorcières, elles l'emmènent à la chasse aux bonbons dans les rues de leur village. Mais l'un des enfants casse la cloche d'une vieille dame. Elle se fâche et lance un mauvais sort sur la citrouille. Jacques-la-Lanterne prend vie et commence à dévorer les habitants du village les uns après les autres...

Série Halloween chez Justine
1 - Loups-garous, vampires et autres monstres...
Petit roman jeunesse à partir de 11 ans (HORREUR)

Collégienne de sixième, Justine ne parvient pas à faire son devoir de maths le soir d'Halloween, elle appelle donc son camarade Nathan à son secours. Par bravade, elle crie par la fenêtre : « Loups-garous, vampires et autres monstres, venez tous fêter Halloween chez Justine ! »
Mais quand Nathan se transforme en un redoutable fauve et que trois loups-garous et un vampire répondent à son invitation, Justine réalise qu'elle a commis une grave erreur...

2 - L'attaque du monstre gluant
Petit roman jeunesse à partir de 11 ans (HORREUR)

Collégienne de cinquième, Justine invite son copain Nathan à passer la soirée d'Halloween avec elle, mais lui fait promettre de ne pas se transformer comme l'année précédente. Elle a loué le DVD d'un film d'horreur en relief : *L'attaque du monstre gluant*.
Mais quand la créature sort de sa télé pour les dévorer, Justine réalise qu'elle a commis une grave erreur...

3 - Debout les morts !

Petit roman jeunesse à partir de 12 ans (HORREUR)
Collégien de quatrième, Nathan invite son amie Justine chez lui pour Halloween, espérant ainsi briser la malédiction qui poursuit la jeune fille. Il a cependant négligé de lui dire qu'il habite juste derrière un cimetière. Si elle l'avait su, elle aurait sans doute évité de plaisanter en disant : « Debout les morts ! »
Quand les morts sortent de leurs tombes, Justine réalise qu'elle a commis une grave erreur...

4 - Croisière sans retour

Petit roman jeunesse à partir de 12 ans (HORREUR)
Collégienne de troisième, Justine s'est fâchée avec son ami Nathan qui perdait le contrôle de ses transformations. Invitée à fêter Halloween sur un voilier avec quelques amis, elle accepte tout de même de l'emmener sous sa forme de panthère. La soirée aurait pu bien se dérouler si l'un des convives n'avait pas raconté une histoire de monstre marin...
Grave erreur ! Il n'en fallait pas davantage pour que le kraken s'invite à la fête avec quelques requins...

5 - Le manoir de la mort

Petit roman jeunesse à partir de 13 ans (HORREUR)
Lycéenne de seconde, Justine a perdu goût à la vie après la disparition tragique de son ami Nathan. Quand Thomas l'invite à un « Escape Game » dans un vieux manoir le soir d'Halloween, elle ne se fait pas d'illusions : ce sera encore une soirée agitée.
Mais quand les participants du jeu meurent tour à tour, victimes de pièges vicieux, elle comprend qu'elle a commis une nouvelle erreur...

6 - Une momie dans les catacombes

Petit roman jeunesse à partir de 13 ans (HORREUR)

Lycéenne de première, Justine reçoit un paquet qu'elle croit envoyé par son petit ami Nathan. En l'ouvrant sans méfiance, elle se fait piquer par un scorpion venimeux. S'engage alors une course contre la montre pour récupérer l'antidote aux mains d'une momie dans les catacombes.

Facile avec Nathan, le garçon-panthère expert en arts martiaux ? Erreur ! Car la momie a amené quelques araignées géantes...

7 - Un château en Transylvanie

Petit roman jeunesse à partir de 13 ans (HORREUR)

Lycéenne de terminale, Justine hérite d'un château en Transylvanie. Comme son compagnon Nathan, elle se dit que ça sent le piège ! Mais les papiers du notaire sont officiels et ils décident de s'y rendre.

Quand ils constatent que l'ancien propriétaire n'est pas aussi mort qu'il aurait dû l'être et que le château est truffé de vampires, loups-garous et autres monstres, ils réalisent qu'ils ont peut-être commis leur dernière erreur...

ROMANS JEUNESSE

Enlèvement au collège
Roman jeunesse à partir de 11 ans (POLICIER)
En cinquième au collège Simone de Beauvoir, Julien et son ami Luan ont invité Anaïs et Lisa, les sœurs jumelles de leur classe, à faire une randonnée en VTT sur le Plateau de Vitrolles. Le petit groupe assiste à la chute d'une météorite dans laquelle Julien découvre un étrange cristal vert.
Au collège, le garçon donne le cristal à Anaïs. Quelqu'un remarque la pierre et décide de s'en emparer. L'une des sœurs est enlevée au beau milieu du collège ! Mais le ravisseur ne s'est-il pas trompé de jumelle ?

Un fantôme dans le métro
Roman jeunesse à partir de 11 ans (FANTASTIQUE)
Juliette Perrault était une élève ordinaire d'un collège marseillais, jusqu'au jour où elle tomba devant un métro. Elle se crut perdue mais fut sauvée par un étrange garçon, Stéphane, qu'elle vit périr à sa place. Elle semblait la seule à l'avoir vu.
Juliette découvrira que Stéphane est le fantôme d'un lycéen mort trente ans plus tôt. Pour lui venir en aide, elle n'hésitera pas à explorer les souterrains du métro de Marseille et à participer à un dangereux tournoi d'arts martiaux qui pourrait la conduire jusqu'en Chine…

Jeu de piste macabre dans le 6ème
Roman jeunesse à partir de 12 ans (POLICIER)
Mathieu et Mathilde Lavil (surnommés « Matt & Matic ») sont deux jeunes policiers stagiaires affectés au commissariat du sixième arrondissement de Marseille.
Dès leur premier jour, une lettre anonyme les lance sur la piste d'un dangereux meurtrier qui met la police au défi d'empêcher ses crimes !
Serez-vous capable de mettre vos compétences mathématiques de 6ème en pratique pour mener l'enquête et arrêter le coupable ?

ROMANS
Le pouvoir de Flamen
Roman (SCIENCE-FICTION)

Jeff Stone, pilote du cargo *Phénix*, est en train de boire dans un bar de la station spatiale XG34 quand surgit Flamen, une jeune fille pourchassée par de mystérieux agresseurs. Le pilote s'interpose et c'est le début d'une poursuite implacable à travers la galaxie. D'affrontements spatiaux en combats au pistolaser, Stone et Flamen perceront-ils le mystère entourant la naissance de la jeune fille ?

Halloween chez Audrey
Remarque : ce roman est la version adulte de la série jeunesse « Halloween chez Justine »
Roman (BIT-LIT / HORREUR)

« Loups-garous, vampires et autres monstres, venez tous fêter Halloween chez Audrey ! ». La jeune fille n'aurait jamais dû crier ça par sa fenêtre le soir du 31 octobre… Son ami Jack se transforme en panthère, puis trois loups-garous et un vampire répondent à son invitation !

Les années suivantes, un monstre gluant, des zombis et le kraken viendront tour à tour chez eux. Les soirées d'Halloween de Jack et Audrey ne seront pas de tout repos…

Le cycle d'Atlantis
La revanche du léopard
Roman (BIT-LIT / SCIENCE-FICTION)

Julie Dunoyer assiste à une fusillade aux abords de sa propriété dans la forêt de Fontainebleau. Elle porte secours au fugitif blessé réfugié dans son jardin et découvre avec stupeur une créature mi-humaine mi-animale.

Victime de manipulations génétiques menées par des scientifiques néonazis, Lucas a été à demi transformé en léopard. Quand les nazis retrouvent sa trace et que sa nouvelle amie est en danger, l'homme-léopard sort ses griffes !
À paraître...

ALBUM
Le lapin qui grossissait
Album à partir de 6 ans (FANTASTIQUE)

Pour ses sept ans, Louane reçoit un petit lapin. Elle le nomme Juju. Il est si petit que la fillette décide de lui donner le médicament qu'elle prend pour sa croissance. Peu à peu, le lapin grossit, à la grande joie de sa petite maîtresse.
Mais Juju ne s'arrête pas de grandir. Quand il devient aussi gros que la voiture de son papa, les ennuis commencent…

NOUVELLES
Le secret de l'échiquier
Nouvelle à partir de 12 ans (POLICIER)
Jérôme Duval voudrait bien épouser Solange de L., mais son père s'oppose à cette union car Jérôme pourrait bien être le fils d'Arsène Lupin.
Relevant le défi du baron de L., le jeune homme découvrira-t-il le secret de l'échiquier ?

La gare qui n'existait pas
Nouvelle à partir de 13 ans (FANTASTIQUE)
Jean-Paul pensait avoir manqué sa station de RER et est descendu par erreur à la gare qui n'existait pas. Il y rencontre Victoria, une jeune fille morte dans un accident quelques années auparavant.
Jean-Paul voudrait bien aider ce fantôme, mais cela n'est pas sans danger. Car si la mort les sépare, elle pourrait bien également les réunir...

Le moulin aux fées
Nouvelle à partir de 10 ans (FANTASTIQUE)
Pour Romain et Mélanie, les vacances s'annoncent mal. Leurs parents les ont envoyés à la ferme chez leur oncle pour pouvoir se disputer tranquillement et organiser leur divorce.
Heureusement, derrière la ferme se trouve un moulin abandonné où se produisent d'étranges apparitions. Est-ce vraiment une fée qu'ils ont aperçue ?

Meurtres à la pleine lune
Nouvelle à partir de 15 ans (POLICIER)
Inspecteur à la criminelle, Jeremy Torquier l'avait bien dit devant le premier cadavre éventré : il y en aurait d'autres ! Mais il ne s'attendait pas à ce que la victime suivante soit sa propre fiancée.
S'il croyait stopper ainsi l'enquête de Torquier, le tueur en série se trompait lourdement !

Le miroir vénitien

Nouvelle à partir de 12 ans (FANTASTIQUE)

Quand Bastien déniche un miroir vénitien dans une brocante, il ignore encore qu'il lui permettra d'entrer en contact avec Julia, une noble italienne vivant au quinzième siècle.

Apprenant le destin tragique de la jeune femme, une question tourmente Bastien : peut-on changer le passé ?

Le projet R.H.

Nouvelle à partir de 14 ans (SCIENCE-FICTION)

Lors d'une manifestation anti-robots, Annabelle est blessée et conduite à l'hôpital par Jorgun Watts, un ingénieur roboticien travaillant pour la CybCod.

Les médecins estiment Watts qui a mis au point un microbot chirurgical, mais son ami journaliste Stefan Yort lui amène l'invention de l'ingénieur, un instrument de torture ! La jeune femme veut alors revoir Watts pour en apprendre davantage.

Mais en cherchant la vérité, on prend le risque de découvrir plus qu'on ne le voudrait…

Plus que la fortune

Nouvelle à partir de 13 ans (SCIENCE-FICTION)

Quand Lana débarque sur la planète Exovène, elle est bien décidée à faire fortune comme les autres prospecteurs. Malgré les dangers et les avertissements, elle s'obstine.

Une planète minière instable n'est pas un endroit très hospitalier, mais on y trouve parfois plus que la fortune…

Dépôt légal : mai 2018
Imprimé à la demande par KDP